今天不絕句

傅詩予 著

詩意藉紙韻飛揚

——解讀詩集《今天不絕句》的文學高妙深意

張堃

身處這個資訊爆炸、節奏急促的現代社會中，我們有時需要一個停下來的空間；在一處寧靜的角落，讓心靈稍事休息，感受文字的陶冶，體會詩的靈性。這本詩集，以其深厚的文化底蘊和詩人傅詩予以傳統與現代兼具的筆法，為我們打造了一個如此幽美的世界。

《今天不絕句》是一本充滿詩意的短詩集，每一首詩都是一場微風拂過的瞬間，每一行文字都是一片心靈的花瓣。傅詩予的筆下，詩意如泉水悠悠流淌，清新而深沉。這些短詩，彷彿是一面鏡子，映照出我們生活中那些微小而美好的瞬間，讓我們重新發現身邊的世界。試看：

你的聲音是小鳥飛過草原
停在蘆葦叢中凝視
我追尋的眼波在空氣中振動
暴雨中，走鋼索似的走向你

——〈聲音〉

望著你深藍底眼眸
我聽見你的心跳澎湃
然堤上的一吻
竟是月亮用力一推

——〈海潮〉

這兩首詩以深沉的意象和抽象的情感勾勒出兩種不同但同樣引人入勝的景象。在〈聲音〉中，作者以小鳥的聲音比擬愛情，透過自然的意象展現出愛的美好和纖柔，而〈海潮〉則帶領我們進入另一種情感的境地，這裡的深藍底眼眸和月亮的推動，構成了一場愛情的奇妙冒險。

〈聲音〉中，小鳥的聲音代表著愛情的純潔和靈動，而走鋼索似的情節則彷彿描述了愛情的冒險與不確定性。詩中的意象在心靈上產生共鳴，讓讀者感受到愛情中的甜蜜與探險的滋味。轉而看〈海潮〉，深藍底眼眸似乎是一個深邃而神秘的海洋，而堤上的一吻則是一種令人陶醉的愛的表述，月亮的用力一推賦予了整個場景一種浪漫的張力，將愛情比喻成大海的澎湃。這首詩以簡短的文字描繪出深沉的愛情場景，使讀者在其中感受到愛的力量和深度。簡單說來，這兩首詩以抒情的筆法，通過自然的意象和情感的投射，呈現出豐富的詩意。作者的語言簡練而意味深長，使讀者能夠在詩中沉浸，感受愛情和自然之美。

這位旅居加拿大多年，在台灣詩壇筆耕不輟的詩人，傅詩予，以其卓越的創作力，跨足詩與評論，將豐沛的思想注入每一首短詩之中。她的筆觸簡約而精緻，文字如同琴音一般悠揚，讓人在閱讀中感受到一種心靈的共振。這不僅僅是詩，也是一場與內心對話的邂逅。這本詩集收錄的作品原先發表在各大報紙副刊、詩刊、文學雜誌，既有抒情，亦有敘事與旅遊，文學風格與實用性兼備。這是一個匯聚豐富閱歷和情感的詩人，她的筆觸既能輕柔如水，又能犀利如刀，使得每一首短詩都有特殊的味道，像是一杯醇厚的清茶，一口一口品味，令人回味無窮。

在現今標榜「前衛」又似乎給外界詬病的現代詩壇，傅詩予的作品顯得格外珍貴。她不被時代的潮流所左右，保持著深厚的中文底蘊，選用的意象與想像力相得益彰，呈現出一種特別的文學風采。《今天不絕句》正是這種文學風采的極致展現。讀者在閱讀這本詩集時，將會被帶入一個靜謐而豐富的內心世界。又如〈醒來〉：

> 醒來，額頭上冒著許多泡泡
> 彷彿躺在浮萍上望著巨大的天空
> 時間在四維雕塑了許多石像
> 你不在那裡，我又回到了夢中

這首詩以清新而幻想的筆法，描繪了一場由夢境醒來的瞬間。詩中「額頭上冒著許多泡泡」這一意象生動地呈現了夢的狀態，彷彿躺在浮萍上望著巨大的天空。這裡的浮萍和巨大的天空構成了一個奇幻而富有詩意的場景，使讀者沉浸在夢的世界中。

同時，詩中提到「時間在四維雕塑了許多石像」，這裡時間被賦予了一種創造的力量，雕塑了許多石像，使時間不再是冷冰冰的概念，而是具有生命和形象。這樣的描寫不僅賦予時間以生命，也突顯了夢幻與現實之間的轉換。最後一句「你不在那裡，我又回到了夢中」，以簡練的語言表達了一種失望和現實的對比，這樣的轉折使整首詩充滿了深沉的情感。整體而言，這首詩以抒情的筆觸勾勒了夢和現實之間微妙的邊緣，讓讀者在其中感受到時光的流轉和夢的虛幻。再如〈迷津〉：

腐絮其中，滿山滿谷的敗葉
將整座森林蓋得毫無去路
唯有前人在枝幹上留下的記號
在亂世間，逐光蛇行的指點迷津

〈迷津〉以腐絮、敗葉、森林等自然元素，描繪了一種淒涼而迷茫的場景。詩中的「滿山滿谷的敗葉」給人一種凋零的感覺，整座森林被敗葉覆蓋，彷彿失去了前進的道路，形成了一種無盡的迷宮。然而，在這片腐絮之中，詩人發現「前人在枝幹上留下的記號」，這些記號成為了在亂世中「逐光蛇行的指點迷津」。這裡的「逐光蛇行」表達了在困境中努力尋找出路的艱難，而前人的記號則成為了指引，帶領人們走出困境。整首詩通過對自然景象的描繪，寓意了人生旅途中的困難和迷惘，同時強調了前人的經驗和智慧在這樣的困境中起到的作用。

傅詩予以其文學才華和對人生的領悟，編織出一幅幅如詩如畫的風景，讓讀者共鳴於情感的共通點，同時又在細微處感受到個體的獨特性。在這個匆匆忙忙的時代，我們需要這樣一本詩集，讓我們在閱讀中沉澱心靈，品味生活的美好。《今天不絕句》正是這樣一個美麗的存在，它將成為讀者心靈旅程上的一座明燈，引領我們穿越文學的迷宮，發現詩的奇妙。這樣一本充滿深度和廣度的詩集，值得愛詩的讀者細細品味。

（Tracy, California. December 6, 2023）

目次

輯五 歐遊札記

輯一

聲音

聲音

你的聲音是小鳥飛過草原
停在蘆葦叢中凝視
我追尋的眼波在空氣中振動
暴雨中，走鋼索似的走向你

二〇一八年六月八日作
獲二〇一八年統一集團飲冰室茶集徵詩
「為愛發聲戀習」年度時代詩人獎（首獎）
二〇一八年十月發表於聯合文學雜誌四〇八期

海潮

望著你深藍底眼眸
我聽見你的心跳澎湃
然堤上的一吻
竟是月亮用力一推

二〇一七年四月二十六日作
二〇一七年九月發表於創世紀詩刊第一九二期
二〇一八年七月二十四日發表於《詩海峽》第五一八期
選入二〇一八年白靈編《台灣詩學截句選三〇〇首》

春風

看你能把我怎麼樣
我是春風
最愛吹開你的心窗
吹你亂貼的那些往事

二〇一七年四月二十九日作
二〇一七年九月發表於創世紀詩刊第一九二期
二〇一八年七月二十四日發表於《詩海峽》第五一八期

天空

透明的天空
風箏游來游去
偶爾穿透時空的紙飛機
載滿童年的笑聲

二〇一七年四月三十日完稿
二〇一七年九月發表於創世紀詩刊第一九二期
二〇一八年七月二十四日發表於《詩海峽》第五一八期

歪想

是甚麼在海被下扭動？
原來是——車震喔？
浪花吐著白沫說：
「不是不是，是你想歪了！」

二〇一七年十一月十一日完稿
二〇一八年三月發表於創世紀詩刊第一九四期

刪掉

一直想把雨刪掉
可是它的刪節號太長了
刪了一下午，原地踏步
刪了一輩子，還是記掛

二〇一七年十一月十一日完稿
二〇一八年三月發表於創世紀詩刊第一九四期

今天不絕句　024

滴答滴答

我必須聽著時鐘入睡
滴答滴答，簷上的雨滴
滴答滴答，水龍頭在歌唱
滴答滴答——驚醒夢妖

二〇一七年十一月十一日完稿
二〇一八年三月發表於創世紀詩刊第一九四期

山語

耳朵開出一朵玫瑰
刺穿所有聲音
整夜漏風的山語
只為喚得你的傾聽

二〇一七年十二月二日完稿
二〇一八年三月六日發表於人間福報副刊

雪暴

故障的棉花機嘶嘶地饒舌
噴出一朵朵流言
流言塞滿家家戶戶的耳朵
家家戶戶忙著闢清

二〇一八年五月二十八日作
二〇一八年九月二日發表於《詩在線》
台灣詩人作品專輯（總七八九期）
選入二〇一八年《中國微信詩歌年鑒》

醒來

醒來，額頭上冒著許多泡泡
彷彿躺在浮萍上望著巨大的天空
時間在四維雕塑了許多石像
你不在那裡，我又回到了夢中

二〇一八年六月八日作
二〇一八年十一月十三日發表於中華日報副刊

浮標

稿紙上的浮標動了
我急急拉上的是一個「愛」字
它在我的釣竿上掙扎出一身的傷
只好放生，卻已然深深傷害了它

二〇一八年六月八日作
二〇一八年十一月十三日發表於中華日報副刊

化石

你在我心中形成的化石
偶爾還會發光發熱
它提醒著我——
你是這世間最大的禍害

二〇一八年八月十七日作
二〇一八年十一月十三日發表於中華日報副刊

夜

巨蝙蝠吞噬了整座平原
遠方你奮力搖成一盞燈
我朝它奔去時亦狂喊：
來吧，命運，愛會使我強大

二〇一八年八月十七日
二〇一八年十一月十三日發表於中華日報副刊

海嘯

不可斗量的時間海
夜裡發出不平之鳴
海鷗啣送到八方九垓
無一人理會，直到海嘯發生

二〇一八年八月十八日作
二〇一八年十月二日發表於人間福報副刊

無常

七夕從不買玫瑰的買了玫瑰
都買玫瑰的不買玫瑰
他們都想嚐嚐不一樣的情人節
卻是非常失常反常的無常之夜

二〇一八年八月十八日作
二〇一九年六月發表於掌門詩刊第七十五期

葉落

聽見過一千次葉落的聲音
那是風的低語萬萬年前
我們也許來自另一個星球
不斷地在毀滅中尋找回家的路

二〇一八年十二月十九日作
二〇一九年十二月十三日發表於中華日報副刊

戲劇

曲折的公式，老掉牙的情節
依然可以次次摘走你的那顆心
你的心斷尾後次次重生
永不消耗的肥皂，劇中有你

二〇二〇年七月十三日作
二〇二一年一月八日發表於人間福報副刊

情人劫

倦於戴著口罩接吻，情人節故
不理路有死屍的大街上傳來吹哨聲
推開門，病毒仍在世界環遊
情人劫，他們揭開口罩革彼此的命

二〇二〇年七月十三日作
二〇二一年九月發表於野薑花詩刊第三十八期

秋雨

醒來，秋雨打在我的夢土上
爸爸載我上學，我在他身後
乘風破浪，閱盡山川——
醒來，秋雨敲窗，敲滿一個個思念

二〇二〇年九月十三日作
二〇二一年九月發表於野薑花詩刊第三十八期

無痕

那人獨自落葉，那樹獨自落淚
那人在葉落的樹下撿著眼淚
那樹在淚人旁落了一地的葉
葉與淚，雪落以後都是稀泥無痕

二〇二〇年十月二日作
二〇二一年三月二十日發表於中華日報副刊

輯二　今天不絕句

絕句

今天不絕句
句子如春筍
昨天擬絕句
卻是輾轉反側思無門

二〇一七年四月三十日完稿
二〇一七年九月發表於創世紀詩刊第一九二期
二〇一八年七月二十四日發表於《詩海峽》第五一八期

鬼臉

不免是要翻的
春天的鬼臉
剛一陣春意盎然
現又烏雲遮日

二〇一七年四月三十日作
二〇一七年九月發表於創世紀詩刊第一九二期
二〇一八年七月二十四日發表於《詩海峽》第五一八期

一生

隕石劃了一根火柴
如人的一生
曾經都想燎原
卻忘了如何深呼吸

二〇一七年四月三十日完稿
二〇一七年九月發表於創世紀詩刊第一九二期
二〇一八年七月二十四日發表於《詩海峽》第五一八期

賞人

春天賞花成賞人
每幅自拍後都有自拍
我們曾經平行而過
在探花的路徑抹掉彼此

二〇一七年四月二十六日作
二〇一七年九月發表於創世紀詩刊第一九二期
二〇一八年七月二十四日發表於《詩海峽》第五一八期

籠子

讓我們放籠子自由
從此它不必自鎖
讓我們將鏡子噴霧
從此不必自戀

二〇一七年十一月十一日作
二〇一八年三月發表於創世紀詩刊第一九四期

爆夢的機器

有沒有爆夢的機器
既然人類無所不能
請爆出夢的種子
展翅飛回母親的草原

二〇一七年十一月十一日作
二〇一八年三月發表於創世紀詩刊第一九四期

健行

走了一晚
從床東滾到床西
再從床南滾回床北
好累的一趟枕頭山健行

二〇一七年十一月十一日作
二〇一八年三月發表於創世紀詩刊第一九四期

紅龍

一條紅龍，魚箱裡轉來轉去
有時轉得頭暈就打了瞌睡
他夢見大朵大朵的浪花
主人卻夢見大把大把的鈔票

二〇一八年五月二十八日作
二〇一九年六月發表於掌門詩刊第七十五期

希望

希望的光羽夜間閃爍
我們傾盡一生追求
已經是秋天了，心底焰火逐漸熄滅
而那些流光不過是晚霞中的幾畝荒謬

二〇一八年七月二十九日作
二〇一八年九月發表於台客詩刊第十三期

反骨

為裸體雕像打馬賽克
越遮越明，你不知道嗎？
好奇是反骨的靈魂
正用想像的眼睛剝筍

二〇一八年八月十七日作
二〇一八年十月二日發表於人間福報副刊

清晨

清晨擅於製造珠淚
蜻蜓喝到一半讓朝陽汲了去
牠的複眼是哭後的眼睛
青蛙跳出來為牠抱屈

二〇一八年八月十九日作
二〇一八年十月二日發表於人間福報副刊

錢幣

是不是滿天的星星也不滿
這一個把月亮看成錢幣的時代？
再也沒有明鏡了
烏雲早已經覆蓋整片天空

二〇一八年十二月五日作
二〇一九年十二月十三日發表於中華日報副刊

時事

入冬以後，菜價全部上揚
聞說蔬果暖房紛紛改種大麻
不知明日這世界要如何狂歡
聖誕紅不紅，萵苣要省著吃

二〇一八年十二月五日作
二〇一九年十二月十三日發表於中華日報副刊

過期

過期的疫苗過期的愛
靈魂礦井噴出的憤怒，漫向溫馴的羊群
鎮暴時一張張被天網鎖定的臉
永夜裡，如一顆顆骷髏

二〇一九年一月十六日作
二〇一九年十二月十三日發表於中華日報副刊

失眠

將夜熬成汁，時間是吸管
吸到的盡是斷裂的影像
大霧中尋找迷失的羊群
醒來，在時間的沼澤裡覆去

二〇一九年十一月十日作
二〇二〇年一月二十九日發表於人間福報副刊

新年快樂

新芽思緒裡巧巧露出個頭
年已經爬過了陽光的背
快來看春天的鬼畫符
樂得院子裡的小鳥口吐繁花

二〇一九年十一月十日作
二〇二〇年一月二十九日發表於人間福報副刊

怨念

風惹上你的小陽台
仙人掌顛覆一整個冬天
肉尖上仍叼著幾斤怨念
只為你不許的恣意盎然

二〇一九年十一月二十七日作
二〇二〇年三月二日發表於世界日報副刊

意外

最美的意外是被落葉擊中
那最後一片，緊叼著樹枝
秋天的遺言，掌心裡暈染
小鳥啄出的卦言預示風向

二〇一九年十二月六日作
二〇二〇年四月二十一日發表於聯合報副刊

未嘗不好

昨晚，我又夢見爸爸
緊緊抱住他，像抓住一把流沙
醒來，對著黑夜發呆，想著
也許媽媽漸漸失憶，未嘗不好

二〇一九年十二月十日作
二〇二〇年三月二日發表於世界日報副刊

胡思亂想

胡話泉湧時，蝴蝶也來聆聽
思來思去，蝴蝶沒趣的飛走了
亂松針雨在林間繡了降龍十八掌
想來想去，還是時間的輕功最厲害

二〇二〇年九月二十七日作
二〇二一年三月二十日發表於中華日報副刊

蒙面

被戴上口罩的稻草人望著秋空
疑惑地閱盡來來往往不再寒暄的路人
怎麼所有的人都成了蒙面俠？
蘋果園裡，病毒無聲無影的啃竊文明

二〇二〇年十月十一日作
二〇二一年九月發表於野薑花詩刊第三十八期

迷津

腐絮其中，滿山滿谷的敗葉
將整座森林蓋得毫無去路
唯有前人在枝幹上留下的記號
在亂世間，逐光蛇行的指點迷津

二〇二〇年十二月三十一日作
二〇二一年六月一日發表於人間福報副刊

輯三
騷人不絕句

犯傻

如何不犯傻呢？
拖著一句死詩
但我如何能讓那夕陽
就此沈沒

二〇一七年四月三十日完稿
二〇一七年九月發表於創世紀詩刊第一九二期
二〇一八年七月二十四日發表於《詩海峽》第五一八期

戲服

許多戲服晦澀不透風
也許多穿了
也許錯搭
詩評家血性不改的扒開

二〇一七年四月三十日完稿
二〇一七年九月發表於創世紀詩刊第一九二期
二〇一八年七月二十四日發表於《詩海峽》第五一八期

霧霾

霧與霾是兩種心情
就像朦朧與晦澀
霧來時，花形還在
霾來時，花怎成了烏鴉呢？

二〇一七年四月二十七日作
二〇一七年九月發表於創世紀詩刊第一九二期
二〇一八年七月二十四日發表於《詩海峽》第五一八期

播報員

霧時多雲偶陣風
煙來遇雪又陣雨
這氣象播報員是怎麼啦
淨是詩人一樣地瞎說

二〇一七年四月二十九日作
二〇一七年九月發表於創世紀詩刊第一九二期
二〇一八年七月二十四日發表於《詩海峽》第五一八期

線索

詩是隱形的花朵
香是唯一線索
擒到花兒不聞香
這個遊戲才剛剛開始

二〇一七年五月三十日完稿
二〇一七年十二月發表於創世紀詩刊第一九三期

啄字

梗在心底
不吐不快的一口痰
化為一隻鳥
啄字為生

二〇一七年五月三十日完稿
二〇一七年十二月發表於創世紀詩刊第一九三期

詩

詩是樂神的一根肋骨
化作文字撥弄心弦
挾意象跳方格
不小心落入一片汪洋

二〇一七年五月三十日完稿
二〇一七年十二月發表於創世紀詩刊第一九三期

機器人寫詩

機器人都能寫詩了
他站在繁花落盡的湖邊
縱身一躍
拔掉插頭

二〇一七年五月三十日完稿
二〇一七年十二月發表於創世紀詩刊第一九三期

噱頭

不騷不癢，其實是等著被搔
我說噱頭啊，你沒搞頭啦
紙玫瑰褪盡衣裳，還是一張紙
人頭落地時，觀眾也散了

二〇一七年五月三十日完稿
二〇一七年十二月發表於創世紀詩刊第一九三期

話題

抓起一把話題當茶沏
傾斜的意象終於扶正
誰要再說蜂鳥不是鳥
我就跟你沒完

二〇一七年五月三十日完稿
二〇一七年十二月發表於創世紀詩刊第一九三期

無意象

來盤青椒炒牛肉但不要青椒
來碗麻婆豆腐但不要豆腐
順便炒兩碟無意象小菜
耶！終於難倒了老師父

二〇一七年五月三十日完稿
二〇一七年十二月發表於創世紀詩刊第一九三期

詩詩

今天你詩了嗎？
今天你失了嗎？
今天你撕了嗎？
撕撕捨捨，詩詩就來了

二〇一七年五月三十日完稿
二〇一七年十二月發表於創世紀詩刊第一九三期

柴薪

自命清高的竹子
嘶嘶笑著迎風擺尾的芒草
他們都以滯銷的詩集為柴薪
冷卻的星火中持續筆戰

二〇一七年五月三十日完稿
二〇一七年十二月發表於創世紀詩刊第一九三期

木乃伊

心已經冷了
掏出來的文字依然摯熱
願如木乃伊
千年之後栩栩如生

二〇一七年五月三十日完稿
二〇一七年十二月發表於創世紀詩刊第一九三期

詩歌厭食症

你害我得了詩歌厭食症
絮絮叨叨沒完沒了
走到哪，邪到哪，譬到哪
現在只好全餵給碎紙機了

二〇一七年十一月十一日完稿
二〇一八年三月發表於創世紀詩刊第一九四期

授粉

文字堆裡停隻蝴蝶
企圖授粉
讓兩不相干的風雨
簷下相遇

二〇一七年十一月十一日完稿
二〇一八年三月發表於創世紀詩刊第一九四期

想入非非

想入非非的題目讓人想入非非
提防那只是作者的招商術
就像《裸體午餐》
沒有裸體也沒有午餐

二〇一八年五月二十日作
二〇二〇年一月二十九日發表於人間福報副刊

詩評家

詩潭詩談詩痰
從青春裸泳到感覺腥臭
屢屢奮力一談
仍碎作殞星

二〇一八年五月二十八日作
二〇一九年六月發表於掌門詩刊第七十五期

抄襲

是玫瑰抄襲薔薇
還是薔薇抄襲玫瑰
這些不過都是花的鳥事
我們不要去當那些喇叭花

二〇一八年五月二十八日作
二〇一九年六月發表於掌門詩刊第七十五期

隱喻

很久以來討厭詩人的隱喻
更愛直來直往的大雨
那些灑在地面上句子
語無倫次地又像是個詩人

二〇一九年一月二十三日作
二〇二〇年一月二十九日發表於人間福報副刊
二〇一九年七月四日《詩在線》
台灣詩人作品專輯（總八一四期）
選入二〇一九年《中國微信詩歌年鑒》

陳思

窗外又飄著瘦雪
二十年的驚艷已成日常
肉桂咖啡屋囚著我的陳思
光影替我完成一首難產的詩

二〇一九年十二月六日作
二〇二〇年十二月二十八日發表於人間福報副刊

不如

要求黃昏多給一點顏色
不如自己在畫布上多塗鴉一點
要求雨後的彩虹
不如自己多玩幾次三稜鏡

二〇二〇年九月十五日作
二〇二一年三月二十日發表於中華日報副刊

災難

銀幕上的字蓮花一朵朵浮出來
隨著腦波，鍵盤開出意象之花
停電的剎那，變成空白的一片烏雲
來不及搶回的那些文字如舟船沉沒

二〇二〇年十月十八日作
二〇二一年五月二十五日發表於人間福報副刊

散文詩

散文但願它是一朵詩
詩兒但願它是一尾散文
天空相遇，化做一陣碎語
海底重逢，溶成一滴藍色的眼淚

二〇二二年五月三日作
二〇二二年八月十五日發表於笠詩刊第三五〇期

輯四

玩字不絕句

霧入

霧入桐花曲徑
躡足踩過，不想髒了花瓣
不經意飄下的花雨
莫非是朵朵感激的熱淚

二〇一七年四月三十日完稿
二〇一七年九月發表於創世紀詩刊第一九二期
二〇一八年七月二十四日發表於《詩海峽》第五一八期

餓勢力

原來真有一股餓勢力
鯨吞月光
還有棉花糖自動獻身
夜越黑，星子越晶瑩

二〇一七年五月三十日完稿
二〇一七年十二月發表於創世紀詩刊第一九三期

語林

習慣和著節拍器寫詩
寫著寫著，空氣睡著了
寫著寫著，筆睡著了
我在寒帶語林中孤軍奮鬥

二〇一七年五月三十日完稿
二〇一七年十二月發表於創世紀詩刊第一九三期

畫不投機

月兒啣來寧靜
吵醒花園裡的秋蟲唧唧
他們畫不投機
膠卷裡還滲著火藥味

二〇一七年十二月二日完稿
二〇一八年三月六日發表於人間福報副刊

霉瑰

結黨營詩彼此相蒸煮意
整晚都說霧裡的霉瑰最美
酒館裡假裝了解霉瑰心事
只見霧裡搖來結帳的大嬸

二〇一七年十二月二日完稿
二〇一八年三月六日發表於人間福報副刊

有信來疑

讀著不是書的書
玩著不是夢的夢
有信來疑，問我近況
孤，只是忙著無所事事

二〇一七年十二月二日完稿
二〇一八年三月六日發表於人間福報副刊

萬碎萬萬碎

無事退潮
海岸對著浪花說
浪花呼完萬碎萬萬碎
睡回癮宮

二〇一七年十二月二日完稿
二〇一八年三月六日發表於人間福報副刊

異見

異，異見爬滿草地
草，抄了一下午陽光
奇，騎著春瘋快馬
花，花了一下午發呆

二〇一七年十二月二日完稿
二〇一八年三月六日發表於人間福報副刊

桃出升天

梅有想法，桃出升天
初春整個公園都在跳探戈
桃紅的邀請，梅白的裸奔
熊熊地把一壺風暴倒出來了

二〇一七年十二月二日完稿
二〇一八年三月六日發表於人間福報副刊

阿謎陀螺

不再悸動，不星不月
不須悸動，無風無雪
不必悸動，非花非霧
還是悸動，阿謎陀螺

二〇一八年五月二十八日作
二〇一九年六月發表於掌門詩刊第七十五期

詩不悔改

我把自己藏在罐子裡
躲貓貓，和這世界
靠著聽覺幻覺親吻
詩不悔改

二〇一八年五月二十八日作
二〇一八年九月二日發表於《詩在線》台灣詩人作品專輯
（總七八九期）

瞎意

就說不要胡攪蠻纏
現在池裡一片瞎意
水清時，一切的果逆流回因
誰是那鑄錯的人？

二〇一八年八月十九日作
二〇一八年十月二日發表於人間福報副刊

錢線

都攻上了錢線，冒險犯難
政府搶稅，人民抗稅
黃背心運動蔓延
早餐配新聞，筷子和叉子吵架

二〇一九年一月七日作
二〇一九年十二月十三日發表於中華日報副刊

相交

不談詩詩，只談風月
卻在你不時拉回的話鋒中
發現信仰的餐桌上沒有香蕉
為了滅星星之火，雪花進來燎原

二〇一九年十二月十日作
二〇二三年三月發表於創世紀詩刊第二一四期

閒閑

閑人如木，坐成一棵老樹
閒人有月，坐看一晚月升
老樹下聆聽時間深海的浪濤
任星光澆得一身好詩

二〇二〇年九月二十七日作
二〇二一年三月二十日發表於中華日報副刊

小雀興

僅僅只是為了一點小雀興
牠跳進籠子裡啄食
隨著大門一關，牠失去整片天空
僅僅只是為了一點小雀興

二〇二〇年九月二十七日作
二〇二一年三月二十日發表於中華日報副刊

蓬篳生灰

蓬篳是生輝還是生灰是兩回事
同音字各表，安能辨我真心
觥籌交錯間巧如蛇簧的語言詐術
讓秋天嘆息地留下一片片落葉

二〇二〇年十二月三十一日作
二〇二一年九月發表於野薑花詩刊第三十八期

魔術棒

一百分不過就是抱兩顆鴨蛋回家
但只要多了一根頂天立地的筷子
誰都不在乎多抱幾個零
只要拄著筷子，零零也會盈滿

二〇二一年一月二十一日作
二〇二三年三月發表於創世紀詩刊第二一四期

采

很想不要睬，路過時還是踩了
那些結綵的謊言與被採走的真相
在媒體的彩繪下變形了
他，無精打采地踩了踩昨夜水花

二〇二一年一月三十日作
二〇二三年三月發表於創世紀詩刊第二一四期

同聲

可割可棄與可歌可泣
同樣的聲音，情狀不同的閃電
為生割棄，因死歌泣
都讓春天哭笑不得，難以抉擇

二〇二〇年五月二日作
二〇二三年三月發表於創世紀詩刊第二一四期

加蛋遮等

老闆說加蛋要加十元
他說這裡等要加錢，那他外頭等
早餐店的笑聲讓惺忪睡眼都笑醒了
兩種語言的美與趣味，在棚底下綻放

註：北方官語「加蛋」音同台語「遮等（這裡等）」。

二〇二〇年五月四日作
二〇二三年三月發表於創世紀詩刊第二一四期

空心菜

很久沒有吃空心菜，我變得空心
整個冬天只能在生菜萵苣裡窩聚
想起家鄉的菜園，母親澆菜的背影
味覺翻牆，我嚐到毫不空心的空心菜

二〇二〇年五月七日作
二〇二二年八月十五日發表於笠詩刊第三五〇期

輯五

歐遊札記

噴泉不絕句之一——記羅馬

仙女噴泉

車水馬龍。兩座弧形建築裏住的圓池裡噴泉不間歇
裸露的四仙女與海馬水蛇天鵝蛟龍一起表演格鬥舞
時間替他們穿上了青苔，減不了她們的嫵媚與青春
池中央，人身魚尾的海神抱著大魚，試圖扭轉乾坤

十字小街四噴泉

街東，阿涅內河緩緩流進羅馬千戶萬戶的水槽裡咚咚
街西，左天鵝右獅子，朱諾天后的小噴泉流溢力與美
街南，母狼祐羅馬，滿臉絡腮鬍的台伯河神品閱市容
街北，森林女神黛安娜汩汩聲中枕著小鹿月光下暝思

摩西噴泉

花崗石欄裡，四隻埃及獅子口吐清泉，聚成三圓池
映照日月，光陰的水，滴滴滴在旅人心湖撩起漣漪
三個大壁龕，四根離子柱，不管風怎麼吹雨怎麼扎
不理喧嘩，摩西擊石出水，噴溢快樂的水道橋噴泉

人魚海神噴泉

海神與美人魚的兒子特里頓用海螺吹響凡間
張開的大蚌殼上，他跪向人間，不合時宜地
吹著他的號角，提醒貝尼尼家族的三隻蜜蜂
撐起扇貝的四隻海豚張著大口扛起一片晴天

許願池噴泉

擲三枚硬幣，許三個大吉大利的願，拋向水池
海神駕著桀驁不馴的飛馬戰車帶來命運的消息
少女水道上，春夏秋冬四女神將願望不斷遞嬗
真正充盈的是義大利抽屜，白花花硬幣叮噹響

二〇一八年六月二十三日作
二〇一九年三月發表於掌門詩刊七十四期

噴泉不絕句之二——記羅馬

雙子星噴泉

麗達天鵝孵出的雙生子與嘶吼的駿馬凝定宮前
高踞方尖碑兩側，俊美胴體吸住世人眼球直直
兩層花崗石圓盆的小小流瀑訴說二百年的春秋
自從搬來這總統府前閱兵，他們就被囚禁人間

四河噴泉

尼羅河、恆河、多瑙河和拉布拉他河匯於此
將非洲、印度、歐洲和南美洲的風情來搧動
四名先知努力扭動身子秀出凹凸有致的肌肉
水洞岩縫裡駿馬們躍出，拼死也要登上舞台

海王星噴泉

海王星大戰章魚，喚醒旅人精神抖擻
石雕美女與小童也忙著制伏其牠水獸
使勁拉扯，雙方都絞進時間的洗衣機
教堂鐘響，小鳥歸巢，尚分不出勝負

摩爾人噴泉

海螺殼中，摩爾人與一隻海豚摔跤出場
周圍四位人身魚尾的海神之子吹著號角
玫瑰大理石造的噴泉嘩啦啦地奏著豎琴
黃昏的天色為之起舞，周遭攤販也瘋狂

萬神殿噴泉

二千年神殿，鳳凰浴火後，中空穹頂可窺天際
神殿前矗立的方尖碑噴泉，四張臉譜流落人間
十二隻海豚守著，時光的陰影裡持續睥睨星月
驚訝、讚許、疑惑、噁心，鳥糞撲上人間百態

二〇一八年六月二十四日作
二〇一八年十月二日發表於中華日報副刊

噴泉不絕句之三——記羅馬

海龜噴泉

四少男腳上各踩隻海豚，手托澡盆表演特技
海龜精靈們往上爬呀爬地，爬進去戲水洗澡
澡盆下四張臉譜偷偷地把水漏掉一次又一次
時光不慌不忙地繼續挹注青春，明日復明日

太陽船噴泉

盛名的西班牙石階前，公主愛舔冰淇淋
晨霧牧歌拉響的序曲中牛羊已不來飲水
名牌林立金光閃閃的商店街替代了草原
船頭兩側的太陽神臉譜兀自地吞吐時光

人民廣場三噴泉

海神在西，智慧女神在東，中有四頭石獅
各噴各的泉，偶爾看天氣臉色合奏同心曲
方尖碑從埃及來，見證了千年歷史血淋淋
廣場圍牆十六座獅身人頭團團圍住旅人心

圖書噴泉

書本裡的知識之泉自羚羊口中流出
小小的巷弄，小小的壁龕，沉思著
地圖上找不到的那一點點，涓滴著
正以它沉默的力量解開時空的迷惑

蜜蜂噴泉

熙來攘往的街口邊，三隻小蜜蜂閒定自若
曾是烏爾班八世家族的徽章守護飲馬小泉
大扇貝上猶刻著貴族的榮光，但誰在乎呢
清淺的三股小流嘩啦啦啦地反芻歷史恩仇

二〇一八年六月二十五日作
二〇一九年六月發表於創世紀詩刊第一九九期

羅浮宮組詩

勝利女神

妳，高冷的祭壇上雙翼正要扶風而上
曾經廢墟裡挖出來的幾千片大理碎石
他們粘破蛋殼一樣地將妳性感地還原
妳是無頭活火山，總是引爆整個廳堂

斷臂的維納斯

半裸的月亮，螺旋扭腰，大海中誕生
忌妒的宙斯，垂涎她黃金比例的三圍
她卻愛戰神，於是被賜婚瘸腿的火神
她的臉藏著滄桑，竟孵出了小小愛神

蒙娜麗莎

如果一滴淚可以決堤，那麼一個微笑足以興邦
僅僅一秒的凝視，粉絲們可以回味一生
她抿嘴微笑，似有腹語自防彈玻璃溢出
魚貫而入的旅客定格地尋找不死的達芬奇密碼

巴比倫漢謨拉比法典

以眼還眼，以牙還牙，遠古的碑文
楔形蟲影爬滿的森然石碑蠢蠢欲雷
孕生律法的搖籃，那是西元前一七五四年
諸神淋灕的汗水澆灌，夾在大地的石書籤

木乃伊棺槨

死也要美麗，站立的一排排棺槨幽靈般
自從被掘起，便活成博物館的巨大命題
防腐的香料拌著千年詛咒狠狠凍住斗室
膽小者掩面疾行，卻忍不住指縫的餘光

二〇一九年十二月十一日作
二〇二〇年二月十五日發表於中華日報副刊

巴黎不絕句

羅丹紀念館

沉思者在林間蹲成一座高山
我們的影子貼在他腳下仰望
手掌捏出來的雕像血肉飽滿
每一道脈衝汩汩地攬住過客

協和廣場

這地方我似來過，這栗樹豐滿的廣場
松鼠們都來這裡，圓潤的瞳膜如嬰兒
暖暖的香榭大道，冒著香檳的梧桐樹
噴泉噴出的碎玻璃折射百年前的血腥

拿破崙陵寢

地宮裡女戰士的雕像群繞，一點也不寂寞
荒島沒有餘生，約瑟芬讓你不要去俄帝國
現在你只是一道光，微微返照法蘭西
遠遠，凱旋門射出十二道急急如律令

鐵塔

我們在草坪上淺眠，瞇著眼看鐵塔
巷尾河水繞著它流，城市繞著它轉
它的胯下，我們暫且是不必工作的螞蟻群小
登上摘星，煮沸的夜在車聲人聲中合上了眼

亞歷山大三世橋

塞納河上法俄結盟的華蓋拱出精靈、女神、獅子與飛馬
左右四座塔柱齊護法，工商科學與藝術日夜混聲合唱
穿越涅瓦河睡神與河仙女浮雕，花俏的遊船被愛神射中
那年莫斯科烈火屠城，卻在一九〇〇年一笑泯恩仇

印象凡爾賽

穿畫而來，戰廊馬啼嘶嘶如颶風狂掃
鏡廳的水晶燈折射出自戀的風華一生
殿外四邊切齊的梧桐樹擺陣千頃迷宮
成群噴泉與雕像將此城守得密不透風

二〇一九年十二月十一日作
二〇二〇年六月發表於創世紀詩刊第二〇三期

南法印象

卡爾卡頌（Carcassonne）

我們繼續談天說地，在法南的古城堡
一口古井，一壁青苔，兩重城牆
五十二個堡壘和卡爾卡斯夫人勝利的微笑
和著葡萄園的清風，我們終於可以飛翔

波爾多（Bordeaux）

渾濁的河水孕育的酒鄉，我來了
皮埃爾橋上遠望月亮港，我茫了
鑽進水鏡廣場霧的水陣，我舞了
梅花廣場青銅馬的奔騰，我致敬

加德水道橋（Pont du Gard）

尼姆城的水道動脈自山巔汩汩湧動
水池、美泉與溝渠綴上幻燈的黃昏
六、十一、四十七個拱圓拱出的三層倒影
河上搖曳著二千年的血汗與榮華

亞維儂（Avignon）

中世紀擁梵蒂崗權位的教堂皇宮有殘陽留影
斷橋上的旅人，頻頻尋找九百年前春秋
四圍的城牆依舊盡忠職守，塔樓矗立如畫
隆河彼岸的摩天輪轉出另一個平行時空

千泉之鄉（Aix-en-Provence）

循塞尚的腳步，跟蹤「玩紙牌者」的農夫
我標記著每座噴泉：鼓嘴的、覆滿青苔的
它們都噴著滿滿的故事，即使已乾涸滄桑
梧桐大道上我們慵懶地揀拾滿地水聲鞋聲

尼斯（Nice）

散步在英國人大道的蔚藍海岸邊咀嚼陽光
喜歡上空胴體的尤物趴在海灘上享受自由
爬上山巔，半月海灣背靠橘紅瓦屋好徜徉
入夜以後，巷裡石板路上滿是食客的笑聲

摩納哥（Monaco）

偎依地中海裙角的小國，延坡豪宅疊立
貴公子的名車呼嘯而過蜿蜿蜒蜒的馬路
矗立崖邊的水族館旁奇裝異服的仙人掌
豪賭的症候群，賭城裡養了每一個窮人

鷹巢（Eze）

巨巖頂上的廢墟，我們拾級而上
多少羊腸小徑，多少禮品花俏小屋
仙人掌叢中的雕像，化解了高處不勝寒
地中海的濤聲拍打著旅人的靈魂深井

二〇二〇年六月二十三日作
二〇二〇年十一月四日發表於中華日報副刊

翡冷翠的春天

百花大教堂

粉紅綠白的花崗石譜出此座百花交響曲
坐果市井中與八角形的洗禮堂牽手合鳴
鐘樓旁金漆的天堂之門放射出文藝復興
如何完成圓頂的傳說，細雨總絮叨不絕

但丁故居

為了訪但丁故居，我在窄窄的巷間迷路
一樣的石板路，鞋履聲叩叩地彈奏神曲
尋回來時，初遇心上人的故事已經落鎖
只能頭像前撫壁，遙問他放逐後的餘生

米開蘭基羅廣場

跨過亞諾河回望老橋，愛情鎖在雨中犀亮
延堤邊散步，漸漸黃昏，漸漸爬上了山丘
裸的大衛高立碑上，夕陽替他裹了金縷衣
不必爬圓頂，雨後的翡冷翠在此全軸展開

領主廣場

大衛領銜主演這一部力與殺戮的露天劇場
成群的石雕，美化了傭兵涼廊的殺氣騰騰
曾經虛榮之火焚燒處，成了點火人的刑台
我們席地而坐，聆聽四方導遊的歷史風雲

烏菲茲美術館

為了幅西風攫娶的新婚賀禮，人們長隊爭睹
婚後春神變身花神，愛神頑皮的亂點鴛鴦譜
當鮮花灑滿整個城，廊外雕像也都活過來了
維納斯自貝殼誕生，所有的畫作也呼之欲出

二〇二〇年七月十五日作
二〇二〇年十二月發表於野薑花詩刊第三十五期

英倫紀詩

大笨鐘

泰晤士河畔，見證了一百六十年風風雨雨
二隻大象重的主鐘整點報時，像是個媽媽
四個圍繞著的小鐘噹擋噹擋，像一群小孩
每十五分鐘就要給市民醍醐灌頂，鐺鐺鐺

倫敦塔橋

從小就唱著的倫敦鐵橋就要垮下來垮下來
到此一遊才知彼橋非此橋，此橋還挺結實
大船一到，它裂開升起，升起了一陣歡呼
兩塔間吊著的天藍橋影在水面上蕩蕩漾漾

白金漢宮

金漆鑄鐵的欄內，皇家衛隊高高的黑帽鮮紅的衣
他們一踢，踢進十九世紀殖民地的冬日灰濛清晨
那兒旗正冉冉升起，這兒夕陽在欄竿上留下回眸
夜幕迅速地遮蓋了榮光，徒留旅客的閃光頻頻閃

九又四分之三哈利波特月台

一起上魔法學校吧，我蹤身一躍，還是落在原地
一定是咒語唸錯了，我再躍，只有紅圍巾飛起來
排了一個多小時，只為這一躍，月台始終沒動過
捉住你飛揚的瞬間，開心了販售照片的主辦單位

市容即景

紅色的雙層巴士、紅色圈圈的地鐵標誌、紅消防栓
紅色電話亭、紅郵筒、旗上的紅米字擺出紅色都城
時不時的陣雨潑弄廣場上與旅客搶地盤的鴿子大隊
摩天大樓與古典建築群中，我硬要插上自己的影子

特拉法加廣場

納爾遜在紀念柱上俯視眾小，鴿子站在他頭上笑傲江湖
就在美術館美麗的柱廊下，我們張手擁抱整個噴泉廣場
跟巨獅合影，學長大後的小獅王巨吼：I am the King！
嘩啦啦的噴水池旁古典美女與海豚石雕都笑彎了腰

格林威治廣場

左腳是東半球踏踏，右腳是西半球咚咚
跨越子午線，我們瞬間移位——環遊世界
就像在水族箱裡航行，夢想的船已經啟錨
博物館的首座天文望遠鏡伸進銀河裡探秘

大英博物館

說我掠奪盜寶，其實是替人類保護文物
那些在戰火鬥爭中損毀的在我這兒修復
我供奉雅典神廟的雕飾，我和楔形碑文一起跳舞
免費供萬方朝拜，歡迎捐獻，我的你的歷史遺夢

二〇二〇年七月十八日作
二〇二〇年十二月人間魚詩生活誌秋冬季號Vol.05

義大利詩札

訪比薩斜塔

遊客斜身拍照，要和它比斜，但斜不過它的篤定
傳說自由落體在此發現，樓上的伽利略撼動地球
八層圓樓疊呀疊，乳白色大理石疊出中世紀傳說
遊客左推右推，試圖扶正塔樓，笑聲溢滿大乾坤

船行卡布里島

繞著岩島環遊，綿延的峭壁形成巍峨天險
穿過情人石拱，藍洞到了，船夫划來小舟
拾階而上，窄巷裡轉來轉去和地中海捉迷藏
它是戀人之島，思慕的歌點點迴繞彩色小屋

車過阿瑪爾菲海岸

沿著海，四十多公里的峭壁山路，我一路驚嘆
驚山路間令人膽顫的會車，嘆海的寶藍
疊呀疊上天的彩色小屋在紫藤花海中若隱若現
山腰間上帝之路，飄帶一樣地飄向雲霧

漫步龐貝古城

石板路引領我們通過時空隧道，來到劇院浴場
眼前亮開棋盤般的街道房舍，它曾經極盡繁華
斷垣殘壁，誰能想像小鎮火山灰底睡了二千年
最蜇心的是罹難者的鑄像，仍是被掩埋的瞬間

爬維蘇威火山

我們自山腰下車，步行上山，奮力來到火山口
難以想像這一張大嘴吐出曾經噬人噬鎮的熔漿
這火龍如今沉睡而安靜，無辜溫馴的像隻寵物
下山時滿鞋火山灰提醒我們：它仍是座活火山

流連蘇連多

這造在岩石上的小鎮，熱情的擁抱地中海
街道兩旁，黃橙橙橘樹和檸檬樹散發芬香
入夜，小巷裡的市集依舊人潮湧動如蟻穴
我們點一壺咖啡，慢慢煮燃這濃郁的夜色

二〇二〇年七月十八日作
二〇二一年一月發表於乾坤詩刊第九十七期

詩遊城堡

香波堡（Château de Chambord）

掛毯織錦羅列，從拱穹到牆角，我們步入畫中
抬眼，處處是戴著皇冠的蠑螈，雕出王的願景
雙螺旋梯旋上高聳林立的煙囪塔，露台迷宮外
塔頂的百合花雕，鷹一樣地凌空傲視狩獵戰場

雪儂梭堡（Château de Chenonceau）

橫跨謝爾河，城堡倒影在水中婀娜搖曳
循著一排橘樹盆栽，我們見到她出水芙蓉的美顏
相傳的六個女人，倩影是否還流連在紅帳裡？
繁華一生，孤零一生，王只是匆匆留影

克羅呂榭莊園（Château de Chenonceau）

叛逆的一生在此棲息，他微笑地完成蒙娜麗莎
他將莊園設計成博物館，林葉間充滿精巧機關
集科學與藝術於一身的怪傑呀，我們膜拜你
你是達文西李奧納多，在此留下永恆的傳奇

昂布瓦斯城堡（Châteaud' Amboise）

將達文西禮葬於此，法王弗朗索瓦好眼力
從此與之不朽，為了達文西也要順便來看他
城堡高高俯瞰城市，倒影在盧瓦河上瀲灩
簷壁間，滴水怪獸們詭譎地對著遊客扮鬼臉

二〇二〇年七月二十五日作
二〇二〇年十一月發表於葡萄園詩刊第二二八期

牛津詩抄

拉德克利夫圖書館（Radcliffe Camera）

倒影中，知識的光華將我吸入它的甕中
那裡我見到了不少靜寂的塵骸
書是他們的棺木，他們還在無聲的辯論
死神何懼，他們超越死亡

高街

一條長街，走入中世紀油畫
忽然愛麗絲附身，我們跟著兔子鑽入
夢幻的尖塔之城，滿街穿著黑制服的學子
修習魔法後，揮棒將時間瞬間凍住

嘆息橋

嘆息橋上沒有嘆息，鈴子一樣的笑聲充盈
拱身牽著兩座樓，八方遊客搶拍它的流光
鐘塔、凸窗、尖頂、彩繪玻璃、滴水怪獸
我的眼睛好忙，我用雙腳划進地圖的胃裡

沃爾夫森學院（Wolfson College）

月光流入昨夜杯盞，流入你的小宿舍
我起身聆聽，聽見這學府八百年前的水聲
當一群教授，像牛一樣地被趕來這裡
他們津潤了荒原，迴廊處處噴著知識之泉

二〇二〇年八月六日完稿
二〇二〇年十月發表於香港流派詩刊第十七期雙語版

劍橋詩抄之一

牛頓樹

嫁接自母株，蘋果樹在牛頓宿舍的院裡佇立
科學家是想用家鄉的原味，召回他的幽魂？
八方聞訊而至的遊客，都來此頓一頓悟一悟
樹下啄食的鴿子被砸中時，只噗噗地飛上天

嘆息橋

撐篙，一橋過一橋，彷彿流進威尼斯的水甬道
那邊嘆息生命不能重來，這邊嘆息拿不到學位
好一座哥德式廊橋啊，遊客驚呼地張大嘴
小舟剪開秋水，槳出了一圈圈微笑的漣漪

數學橋

說這木橋不用螺絲鐵釘，是牛頓算出來的
木橋看著遊客看著學生，無聲地搖頭抗議
幾何與力學構成的桁架，在這裡臥成弧型
那是威廉與詹姆斯的眼睛，水波上眨呀眨

二〇二〇年八月十三日作
二〇二〇年十一月十六日發表於人間福報副刊

劍橋詩抄之二

志摩石

火車擒住軌的志摩，輕輕地來過這裡撐篙
他旁聽這兒的流水，攜著雲霧又悄悄走了
而小小雲霧，卻在東方捲成一場新月颶風
如今他的詩句躺在這碑石上，與康河同眠

吃時間的鐘

大鐘上的蝗蟲，每第五十九秒就張開大嘴吃掉時間
腿是時針，嘴是秒針，一口一口地吞噬我們的青春
每到整點，它敲出的聲響，就像鏈條摔落在鐵棺上
而遊客們還是癡等在那兒，快樂地奉獻自己的光陰

二〇二〇年八月十三日作
二〇二〇年十二月二十七日發表於聯合報副刊

巨石陣

※

青銅器時代的人類，留下這圈圈巨石積木
三百公里外的藍砂岩在這裡矗立了五千年
夏至的第一道陽光，永不誤期地射入石縫
年年冬至，夕照也在同一線上烙下了彩霞

※

據說裡頭有個巨大的調頻儀，測地球身心
神秘的音波在不同的濕度和天氣底下發功
用透地雷達掃瞄，還發現巨石內蘊藏符號
哇哇，是否外太空有萬萬隻眼睛盯著地球

※

說春天能量特別強，附近的麥田圈特別多
說它每十九年與月亮重合，說是祭祀墓穴
石橫樑、圓形土溝、土崗和眾多的圓坑洞
綠原上留下的謎，磨平了各家學者的靴履

※

我們在大風吹的那天造訪，陽光是涼涼的
繞著它走一圈，我們的影子落在高跟石上
最美的全家福，背景是拓得無限遠的草原
聽見的綿羊吟，彷彿來自遠古的太陽神廟

二〇二〇年八月十三日作
二〇二〇年十二月發表於創世紀詩刊第二〇五期

巴斯夜雨

河堰與三孔橋

我們倚著欄杆看三孔橋，看三重馬蹄形的河堰
河堰滾出三層白花花水瀑，對面教堂盪來鐘聲
橋上咖啡館溢出的濃香，浮在細細的雨絲中盪
沿河道散步，水磨車磨出了暮靄以及點點光羽

羅馬浴場

浴場的華蓋為公眾掀開，昔日的澡堂變藻池綠
遺跡依舊裊裊著熱氣，彷彿貴族還在那兒嘻戲
旅人只能扶欄霧想，直到柱旁的火把點亮黃昏
修道院牆攀爬雅各天梯的天使雕像茂長了神話

圓形廣場與新月樓

從太陽的圓弧廣場漫步到月亮的皇家新月樓
彷彿戴上米黃色濾鏡這喬治王朝的一對明珠
同心圓裡的幾株老樹，護守整齊對稱的建築
高地之上，大廣角鏡也收不攏這新月的風韻

民宿雨夜

路過「珍・奧斯汀博物館」轉入靜謐小巷
已經濕了的四雙鞋，就泊在這感性的老屋
整夜雨理性的下著，傲慢的打在玻璃窗上
玩了一夜撲克牌，不覺壁鐘下載了全家福

二〇二〇年八月十五日作
二〇二〇年十二月發表於創世紀詩刊第二〇五期

遊聖米歇爾山

※

傳說海的裙角邊有一花崗石岩，三角圓錐體
當大西洋潮水以萬馬之姿奔向她，她浮成島
潮退，是臥在沙洲裡的金字塔，她是神降臨
長長的棧橋將我拉近她，我已在她髮際腰間

※

她用臂彎圍成碉堡，我們細數階梯螺旋而上
中世紀的城，摩肩擦踵的現代人如群鳥鼓譟
修道院的尖塔，在圓錐之頂，在仰望的極點
唱詩，迴廊的雙排石柱，錯開了稀微的天光

※

城牆上瞭望連綿平坦的濕地，赤腳在淤泥裡
那些孩子在找尋不熟稔的童年，溫暖的地景
忽然一陣暴雨打來，嘩啦啦地替每個人受洗
雨在沙洲上迅速地打字，我躲在石縫間閱讀

※

聖山前，商家草皮上處處是七彩斑斕的石牛
彷彿一座無聲的農場，哞哞複誦聖靈的旨意
夜訪聖山，留盞燈的商家，替她戴上金項鍊
晨履聖山，朝謁的彩霞，為她徐徐髻髮梳妝

二〇二〇年八月二十三日作
二〇二〇年十一月發表於葡萄園詩刊第二二八期

二訪牛津

牛津大學畢業日

騎腳踏車飛過三年，紅藍的禮服像斗篷
把禮帽擲進空中，縱身一躍，擒住未來
禮樂奏起，在列隊進來的人龍中拍下妳
每一個視頻都是妳，都是妳給我的榮光

博士班午宴

校方安排的午宴中，我等在角落看著妳
看妳在同學中團團轉，看妳笑，看妳飛
我悄悄盼望自己仍是執風箏線的那個人
雖然，妳早已甩離了我們的天空和圓心

腦神經醫學論文

帶妳飛躍太平洋，妳又自己飛過大西洋
妳說很久沒吃魚了，晚上就來一場小宴
仍是幼時吃魚的樣子，但不必我挑刺了
妳邊吃邊談論文，雖然我們都鴨子聽雷

狀元及第

想起妳幼時唱歌跳舞的樣子，不禁笑了
這是我的小女兒嗎？是我揹著的娃娃嗎
禮畢，街上不少遊客欣羡地要和妳拍照
今天妳是大明星，是狀元及第的紅鵲鳥

二〇二〇年八月三十日作
二〇二一年三月發表於創世紀詩刊第二〇六期

輯六

四行組詩

有關詩

1.

那首詩浮在雲端，微醺
寫它的人已遠遁
留下我站在鏤空的橡樹下
撿著款款落下的迴音

2.

忽然貓跳進來，從窗台那邊
啣來了一首被蹂棄的詩
那是沒有主題的昨天
和今天一樣缺乏重點

3.

用甲骨文寫詩，字是詩
跳舞的人穿著簑衣
在阡陌裡，在窗邊種著詩
種出一幅自己會說話的雨

4.

每首詩都是寂寞的私生子
寂寞的草葉蟲獸
溫暖的冬日下午曬著詩
找尋一些已經濕了的記憶

二〇一七年十二月五日作
二〇一八年三月十四日發表於聯合報副刊
二〇一八年四月二十五日發表於世界日報副刊

咖咖不絕句

A咖寫詩，蹲十足的馬步
A咖寫詩，塊塊石頭疊出了金字塔
A咖化繁為簡，洒出的文字充滿音樂
A咖穿牆意象，來無影去無蹤

B咖寫詩，寫出頭大症與啤酒肚
B咖寫詩，勒緊褲帶欲逼傑作出
B咖寫詩，老打著叛逆的旗幟
B咖反反反，後後後，就是要當番王

C咖寫詩，不知為何哈著一張嘴
C咖寫詩，他的圓規總是漏風
C咖寫詩，故意留著出口
C咖莫非是為缺陷美，故意不圓

D咖寫詩，大腹便便過了預產期
D咖寫詩，呻吟不已還是生不出
D咖寫詩，只好躺下來仰天長問
D咖在自我的結界裡白了少年頭

E咖寫詩，拿著耙子耙文字
E咖寫詩，耙來耙去不如當豬八戒
E咖依依東望，巴望讀者垂憐
E咖在等待中白白地過了一生

F咖寫詩，拄著枴杖的稻草人
F咖寫詩，在西風蕭蕭的阡陌中牧羊
F本E咖，一不小心失掉了地盤
F咖被放逐到荒島瘠土裡升著破旗

G咖寫詩，老喜歡在G點上做文章
G咖寫詩，總喜歡下半身思考
G咖寫詩，在往C咖路上多此一舉
G咖這一舉，把C咖的隱喻給丟盡了

H咖寫詩，意外發現一截梯子可通天
H咖寫詩，有了梯子沒牆靠
H咖在梯子倒來倒去的想像裡翻滾
H咖一不小心將兩根平行木磕碰成了A咖

二〇一八年三月六日完稿
二〇一九年八月發表於人間魚詩生活誌夏季號Vol.02

兒時遊戲之一

大風吹

風吹完才終於明白
只有作成了鬼才能左右機會
否則一旦落座
就是一顆任人挑撥的棋子

跳格子

單腳跳進落日的圈套
雙腳穩住即將消逝的晚霞
拾起一枚星星躍入雲河向後轉
回來的路上，我歌我嘯

二〇一八年八月二十四日作
二〇一九年三月六日發表於人間福報副刊

兒時遊戲之二

老鷹抓小雞

鷹行天下，最怕被母愛抓傷
鷹爪無法使牠收起瘦弱的翅膀
只能伺機等待那隻不經心的
鷹，牠悠閒地唱著老鷹之歌

木頭人

一二三，木頭人，瞬間凍住行止
我轉身，微笑的夕陽將影子拉長
滿山滿野的樹也愛玩僵直
輕風刷動了伊的眼睫——伊成了俘虜

捉迷藏

星星似的躲在流雲背後
以為這樣可以躲過長大
總要做過幾次鬼以後
才知道要如何藏得更深一些

二〇一八年八月二十四日作
二〇一九年五月十四日發表於人間福報副刊

春天三則

※

這湖曾是冰封的
春天讓它開始湧動漿液
第一對報到的候鳥拍拍涉過水面
驚醒草木，苞裡櫻花笑

※

燕燕剪出來的笑聲
此刻貼在窗前
我深深吸了口它的芳香
吐吶出一整個冬天

※

春天的閃光燈頻頻放閃
滾來的雷笑驚動窗簾
似乎聽見了敲門聲
滴滴答答地學舌風鈴

二〇一九年四月十九日作
二〇一九年五月十九日發表於中華日報副刊

疫情

流星

整晚劃逝的人兒如流星雨
來不及說再見的墜入冷冷冰塵
被禁蠻的人們隔窗數著一輛輛救護車
來不及劃十字——玫瑰掉了一地

她

把呼吸器給了身旁的年輕人
她說她的一生已經很美麗
她微笑的殞逝，莊嚴而高貴
如沉舟，在黃昏在漣漪中圓寂

口罩

終於我們都戴上了口罩
被網住的語言像風困在林中
從來沒發現你的眼睛如此美麗
眼眸中我們彼此問候

真相

咳嗽只是被謊言嗆到，就被拉去隔離
我不是殭屍，又會思又會想
卻也只能將真相
埋在又深又冷的高樓裡

二〇二〇年四月一日作
二〇二〇年五月十三日發表於人間福報副刊

賴床

※

不管怎麼賴，還是要起床的
赤辣辣的陽光撥動窗簾
拉起棉被，假裝依舊星月滿天
鳥語在夢之外，賴就對了

※

躺著將夢重新剪輯
把疫情拋腦後，愛已經蔓延
床上滾動，做情緒的瑜伽
一場回籠覺，賴就是了

※

有手機之後，賴床就更智慧了
請谷歌播報各地新聞，遙控電器
將夢境錄音，索幸關掉陽光
世事與我何干，週日賴床之必要

二〇二〇年六月十八日作
二〇二〇年十月五日發表於人間福報副刊

蘋果園

※

紅著臉兒坐果，枝條打盹
被蜜蜂叮了幾口後，隱為胎記
也有依舊淺綠，深綠的葉海間盪
假裝未成熟，卻釀著入世的酸甜

※

林中，許多蘋果已滾落塵泥
腐化成一口口樹身的滋糧
不斷搖幌樹身的風兒
把世界的雜音關在外頭

※

總想摘到最高的那顆
殊不知垂枝裡藏著豐腴
要不，隨著飛鳥的啾啾聲走
搶下牠喙下的那一顆流連

※

秋光的陰影，爬滿四輪馬車
籃里鼓滿的蘋果，隨時都要漫出來
此刻我們已經走出蘋果園
風的回聲低語著：謝謝惠顧

二〇二二年一月六日作
二〇二二年六月二十三日發表於世界日報副刊

大鮭潮

※

浮自深海的魚雷，嗅覺導航
九月抵達，許有感應磁場的天能
如一艘艘小艇，泊回這小小港灣
為一飲原鄉的甜味，磨盡皮鱗

※

翻過多少浪頭，以為越過所有危難
岸邊成群的釣魚客等著戲弄、取卵
有些被放生，鈎裂了的嘴，血淋淋
不能擱淺，水鳥早已磨尖嘴喙等候

※

仍然奮勇的游，燃盡一身脂肪
一群人類等著看跳躍龍門的戲碼
躍過時，橋上的歡呼如擊鼓
牠只剩一身傲骨，一條帆破的船

※

跳啊，終於躍過最後一道河梯
在法令的保護池裡，雙雙對對
橘紅的肉身，炸出一池子粉圓
鮭來歸去，化作餌料更護鮭兒

二〇二二年一月六日作
二〇二二年九月發表於創世紀詩刊第二一二期

夜的傳說

※

烏雲吃掉星星的那一剎那
城市裡所有燈都瞪凸了眼
一頭沮喪的狼，被夜的大胃消化
吐出的腳印，還在草原上尋找軀體

※

光，讓影子軍團團滅了
他們手舞足蹈如風中搖晃的樹枝
一枚光彈投來
倖存的影子在矮叢底下不敢動彈

※

臭鼬鼠打開瓦斯外洩牠的臭屁
逼得剛剛綻放的曇花縮回子宮
夜神也捏起鼻子，命令風神去驅散
夜色依然洶湧。曇花豔照。草木蕩漾

※

夜神總是喜歡穿著透明的黑紗
讓它罩住的世界若隱若現
一隻鬧時差的公雞從時鐘裡走出來
——喔喔喔，喔喔喔地劃破黑幕

二〇二二年五月七日作
二〇二二年九月十二日發表於世界日報副刊

思父不絕句

※

無端醒來的舊帳號，浮出
這穿越時空的雲端打屁室
今天是您的生日
點了蠟燭，我在星空下唱歌

※

窗台上栽種的花兒娉婷逼人
澆花的水壺留著握紋
握著它握著昨天
搖擺的花影回覆我的思念

※

紫色的霧裡游來了一條旗魚
您豢養了一輩子的故事
歲月明滅，那條魚也跟著長大
成為我們熟睡以後的寵物

※

落英貼回枝枒，枝枒坐回春泥
父親騎著野狼機車，我攬著
弟弟夾在中間熟睡了一整個童年
我們一次次穿越時空之門，秘密地

※

翻開舊照，做了一本集錦
酸酸的甜甜的，泛了黃的胡琴聲
掛在牆上，背後傳來您的呼喚
我摘下眼鏡，擦拭一些斑痕

※

您走時，毫無預警地手機斷電
是您來道別嗎？在感官衰竭以前
憑甚麼我認為還有給您慶生的機會
機艙外萬朵白雲追不上您的步履

二〇一七年十二月八日作
二〇一八年六月二十二日發表於中華日報副刊

後記：父親於二〇一七年七月三日凌晨（台北時間）仙逝，深感慟之，此詩完成於冬日清晨。

思母不絕句

立春

年復一年，把自己立成春天
站著準備各類糕點，還要大掃除
祭神祭祖，張羅拜天公的一切祭品
年復一年，把春天搶先迎過來

雨水

正月初一忙到元宵
時間在您的掌心溶成汗水
汗水也隨著雨水回暖我們的歲月
靜好，是您早起梳妝時的綿綿禱告

驚蟄

春雷滾動，您比蟄伏的萬物更早起
菜園裡鋤鋤耙耙，犁出一塊塊希望
草木鑽動，蟲鳥都成為您的仰慕者
夜裡，您埋下的每一顆種子都有夢

春分

春天平分了日夜，您起得更早
每日煮完三餐，還要餵雞餵鴨
澆水拔草施肥，春光明媚在菜園
我們是您育秧的苗子，也在一旁茁壯

清明

草木繁茂，您無暇吹裊裊春風
又在廚房忙進忙出，準備三牲禮
我喜歡在一旁幫您折元寶和紙錢
您揹著弟弟煮大鍋菜的背影最動人

穀雨

微雨中，您撒了一把把絲瓜種子
棚架下，我們等待抽芽爬藤開花坐果
我們這五個孩子，在您身邊繞著轉著
暮春穀雨，一個個不知不覺的長大

立夏

忙了整個春天，該歇歇吧？
您卻仍頂著熏風，在唧唧嘓嘓聲中
陀螺一樣的轉不停，轉不停的母愛
在子女的讀書聲中，密密縫著制服

小滿

小得盈滿，您的菜園，您的孩子
我們一個個入學，一一迎向陽光
為了我們的早餐和午餐飯盒
您摸黑早起，讓我們的鼻子先醒來

芒種

麥芒針爍，您種的高麗菜也圓滾滾
忙著愛，忙著綁出一顆顆Q彈的粽子
廚房是您的全世界，我們的天堂
芒尖流光，炫了您的每一塊生活拼圖

夏至

蟬開始狂奏了，您還是無暇聆聽
我們一起給果樹施肥，抓金龜子
您折一艘艘紙船讓我們到陰涼處玩
自己還在摘楊桃揀青菜，直到暮臨

小暑

電扇吹來的熱浪中，您還在趕製夏衫
我們玩得一身髒兮兮，讓您永遠洗不完
我們打赤膊玩水籠頭，噴濕了曬乾的衣服
您罰我們一起擰乾，這個遊戲其實很好玩

大暑

如身在蒸籠裡的天氣，您開始煮仙草
熬芒果汁芋頭汁，做一包包凍凍果
滿園的蜥蜴催得太陽快快下山
飯後我們一起在樹下乘涼，您還在洗碗

立秋

豆子結莢，玉米抽穗吐絲，您開始收穫
滿桌的菜餚是您在秋底焰火下採收的
秋光催熟一切也催老了您
我們漸漸長成，沒有注意您的幾綹白髮

處暑

北斗七星指向西南方，您看見了嗎？
中元節又到了，需要殺雞殺鴨辦普渡
我問為甚麼有那麼多節日讓您忙不停？
您笑說這就是人生，忙，就無暇傷春悲秋

白露

金秋露白，韭菜開花結籽迎風擺
您又開始曬鹹菜蘿蔔乾，比松鼠還忙
涼風中，您用腳印在土地上寫字
每一滴汗，都在我的心蚌上結成珍珠

秋分

日夜平分秋色，枝頭已戴上黃帽
您總是夜半起來，為我們添被
中秋至，和你一起剝柚子吃月餅
燦燦的橘花是您的圓臉，漾著一畝月光

寒露

偷偷茂長的蘆花，如您花白的髮絲
不記得您唱過的兒歌或枕邊故事
只記得您拍撫孫兒時哼唱的無名曲
把梧桐葉上顆顆寒露也哄得睡熟了

霜降

草木枯落，您把雞鴨鵝趕入後院小屋
您開始勾織圍巾，修補我們的幼時冬裝
您說一代傳一代，孫兒可以繼續穿
於是，我彷佛在鏡裡看見幼時的自己

立冬

冬之初，爸爸的生日近了
年年忘了自己，卻總記得煮豬腳麵線
為了爸爸，您把冬天變暖了
您剪來萬年青，讓家裡永遠普照綠意

小雪

您一生都沒看過雪，但您的名字有
我移居的北國，今日正好雪花飄
透過視訊，您是否感到它的輕靈柔美？
說著說著，它卻飄到您的眉間髮線鬢邊

大雪

視訊中盈尺的雪，讓您擔心了
我領著您的眼睛賞屋外的水晶城
您總是皺著眉頭，囑咐我記得燉人蔘
襲來的寒流，總讓您三言兩語驅散

冬至

「粄仔圓，搓圓圓，保祐爸爸大賺錢」
幼時我們總邊搓邊跟著您唱這首兒歌
鹹的、甜的，湯圓裡我們搶撈紅色的喜氣
像長不大的孩子，啊！有媽的孩子永不老

小寒

自從遷移台北以後，您只能耕耘陽台
小寒日，父親種的茶花依舊盛開
父親過世後，您也忘了如何烹調臘八粥
冬陽躍入，光陰凍結在您失智後的靜世界

大寒

過了大寒日，春天的暗香不遠了
往年，您又會開始大掃除，開始張羅過年
晚年，您坐在輪椅上等待生命的輪迴
並非寫下句號，而是另一場鳥鳴花弄的開始

二〇二二年八月二十五日作
二〇二三年一月發表於《文學台灣》第一二五期

後記：二〇二二年六月二十二日傍晚，母親休息了，感念她忙碌勤勉的一生，遂為此詩。此詩初稿於喪禮後返加拿大的旅途中。

後記

這是我的第六本詩集，收錄二〇一七年至二〇二二年間，斷斷續續寫的四行詩和四行組詩。開始寫作這類四行體，靈感得自古詩絕句，但用的是白話自由體，所以稱之為「新絕句」。「今天不絕句」，既表示體裁，亦表達句子不絕。從開始使用這種詩體起，日日一些浮光片語，就像游絲一樣的飄進我的思緒，而我也迅速地抓住它，將它一條條掛在我的聖誕詩樹上，如今已經掛滿，也到了該結集的時刻了。

總是常聽見或看見這樣的批評，指責現代自由新詩，往往是「散漫冗長」，但為了能把一個概念關在四行內，這時想冗長、散漫都不行。四行各負「起承轉合」之責，多一句都不可。總費力地想用四行寫出一個宇宙，雖力有未逮，但仍一首一首嘗試，幾年間，竟有這群小創作了。當然靠這樣煉句，經常有意猶未盡、捆手綁腳的感覺，所以完成這些四行體，準備結集之際，竟有飛出牢籠的輕鬆感。

自二〇〇七年重新寫作投稿給台灣報社起，因住在海外，無法處理作品的相關事宜，總是由母親替我收存稿費和掛號郵寄稿件。猶記得母親在電話那頭，曾談到送稿費掛號件的那位郵差。因為每次都是那個小夥子來按門鈴要印鑑，有次他就帶著仰慕的口氣對母親說：「阿嬤，恁那遮讚，還會寫文章喔！」，母親便淘氣的回他說：「到今你才知！」。她複述給我聽時，說著說著，在電話那頭咕咕笑個不停，使我倍感榮幸。父親也曾因我獲得家鄉苗栗縣的文學獎和出版，跟家鄉的朋友誇自己的女兒，甚至跑了幾家雜貨店，去買刊登作品的報紙，送給親友看。能因為寫作讓父母感到驕傲，成為我寫下去最強的動力。也就在去年夏天準備結集之際，太平洋彼岸傳來母親薨逝的消息！人世無常，徒呼奈何！二〇二〇年舊曆年起的世紀病毒阻斷我多次返鄉探母的念頭。家人為了保護她也不敢團聚，反而讓她因此度過冷冷清清的最後二個生日，而我也僅能以日日的視訊問候。我們唯一安慰的是，母親無病無痛的在睡眠中仙逝。

去年返台奔喪，發現母親書桌上一直端端正正立著我獲統一集團徵詩首獎的獎狀，以及印有我的詩和簽名的飲料盒（母親一定很高興，為此我將它編輯為此書的第一首詩），更令我悸動不已。母親啊，父親啊，謝謝您們，從不覺得我老做無用的事，從不以謀利的眼光看待創作這件事，甚至從沒問過我詩集賣得如何？一首詩賺多少稿費？他們只是默默支持著我的詩人夢。如今他們都走了，都化為天上星辰，但我知道他們會在天上繼續為我鼓掌，並期待我的新詩集。「維以不永傷，維以不永懷」，對我而言，若要不永傷不永懷，就端賴寫作的力量。

新作〈思母不絕句〉，為此詩集的最後一塊拼圖，加上父親離世後寫的〈思父不絕句〉，作為此詩集的壓軸，獻給天上的父母。父母之恩浩瀚，餘生唯有以裊裊不絕的詩香，不斷祭奠他們，餘生唯有詩不絕句，以緬懷他們給我的無價的愛和鼓勵。

二〇二三年十一月二十五日完稿於加拿大安大略省里奇蒙山市

讀詩人168　PG3045

今天不絕句

作　　者　傅詩予
責任編輯　莊祐晴
圖文排版　許絜瑀
封面設計　王嵩賀

出版策劃　釀出版
製作發行　秀威資訊科技股份有限公司
114 台北市內湖區瑞光路76巷65號1樓
電話：+886-2-2796-3638　傳真：+886-2-2796-1377
服務信箱：service@showwe.com.tw
http://www.showwe.com.tw
郵政劃撥　19563868　戶名：秀威資訊科技股份有限公司
展售門市　國家書店【松江門市】
104 台北市中山區松江路209號1樓
電話：+886-2-2518-0207　傳真：+886-2-2518-0778
網路訂購　秀威網路書店：https://store.showwe.tw
國家網路書店：https://www.govbooks.com.tw
法律顧問　毛國樑　律師
總 經 銷　聯合發行股份有限公司
231新北市新店區寶橋路235巷6弄6號4F
電話：+886-2-2917-8022　傳真：+886-2-2915-6275

出版日期　2024年4月　BOD一版
定　　價　300元

讀者回函卡

Printed in Taiwan

國家圖書館出版品預行編目

今天不絕句 / 傅詩予著. -- 一版. -- 臺北市 :
醸出版, 2024.04
面 ;　公分. -- (讀詩人 ; 168)
BOD版
ISBN 978-986-445-930-8(平裝)

863.51　　113002219